o sol do meu quarto

OTÁVIO MACHADO

o sol do meu quarto

1ª edição | São Paulo, 2022

LARANJA ● ORIGINAL

PREFÁCIO

A cosmovisão lírica do poeta, em "O sol do meu quarto", se faz presente primeiramente na busca da cosmologia entre a terra e o céu, repleto de estrelas, de maiores ou menores grandezas, pássaros, ventos e o astro Sol. E do solar que irradia luzes, cresce o vislumbre nos encantos cosmogônicos ventados de jardim e mar, deuses e anjos, dragões, presenças de flores e xícaras de café, retratos e a passagem do tempo nas estações, em especial, a primavera.

O tempo é matéria sublime e imaterial que escorre por entre os dedos da escrita de suas palavras, "o gesto de oferecer o verbo" em suas metáforas, que atravessam seus rumos descendentes e ancestrais, a luz e a escuridão em contraponto no fora e dentro de um "eu" deflagrado e revelado, entre o celeste e o subterrâneo de raízes, "uma árvore dentro de mim/ em outro lado do tempo" sobrepondo o alarde "vou vivendo de mim/mas tão sem mim". Para o poeta, "a memória é paisagem".

E ele, eterno viajante na "constelação liquida" desse trem etéreo, dedilha as letras "como um engenheiro de sílabas" que habita a casa do tempo, na crença dessa luz sagrada que vem salvar, sobrepondo a escuridão do cosmos, percebendo que o amor mora nos detalhes de "inegociável destino". Do escuro impossível às infinitudes das possibilidades de o divino crer na luz sagrada solar, que fisicamente penetra as entranhas do pensamento e germina os mais profundos sentimentos em sua vivência transmutada em poesia, o poeta mergulha e afirma "é longa a estrada interior".

A leitura nos faz debruçar sobre o universo paralelo de construções delicadas e imagens ímpares, onde a poesia nos toma o fôlego nessa tessitura "sobre o ciclo das células", permeando a viabilidade de mundos subjetivos, desejos e memórias repletas de impressões nos textos, "onde moram estrelas/ criadoras da realidade final/ a invisível".

Otávio, com sua destreza poética e sensibilidade, nos convida a celebrar esta sua vivência confirmada na experimentação de narrativas, como um instrumento musical raro e afinado para a orquestra por seu mais fiel músico, na afirmação de que "a vida é um sim", " porque em todo coração dorme um sol".

Paula Valéria Andrade

Poeta, escritora, professora, artista audiovisual, diretora de arte e criação. Publicou livros de poesia, arte-educação, didáticos e livros infantis, com prêmios nacionais e internacionais, entre eles o Jabuti, UBE-NY e o The White Ravens, Alemanha. Membro da AILB – Academia Internacional de Literatura Brasileira-NY. Desde 2021.

SUMÁRIO

feito estrelas

hoje me recolho
nas coisas passadas
naquilo que parece agora
e no entanto
se esvai

é tão exclusivo o amor
no exagero refinado
da mesa ao café
nas cores da cortina

na essência da ancestralidade
entre as velhas paredes

hoje, quanto mais minutos
invadem o fim das horas,
mais me fixo feito estrelas
sobre a casa do tempo

no vento forte de uma vida
em tua ausência inusitada.

palavras

pássaro da manhã
na janela do instante
é rodeado de sol

como deuses e anjos em festa
dançamos aos domingos
atravessando as estações
com nossos sapatos de vento

não podemos desistir
nenhum de nós poderá
criando destinos
acumulando memórias
palavras em movimento

cumprimos o juramento
sustentamos a linguagem
a conjugação do tempo

somos enquanto ao estarmos
não morremos em definitivo.

sol

preciso, o sol
assiste ao dia
precioso mapa
das artérias
a face da vida

pleno, o sol
rasga o azul
salta sobre a luz
caminha sobre o instante

espiritual, procura um rosto
dentro de outro em mim
no momento que invento

metálico, o sol sagrado
aquece nas manhãs
os espaços da cidade
a poeira das estrelas

as pessoas buscam
cabeças em fila
a verdade dos ciclos:

na ordem do tempo
somos enquanto.

água

correndo entre as
plantas florindo
compondo a vida
repousando o rosto
identificando a
repatriação da alma
a conspiração
do celeste reencontro

os passos rastejam e
replantam as sementes

deve mesmo ser um plano.

inegociável

sonhei que ia longe daqui
o vento estava agitado
as janelas batiam nos batentes

sonhei que voltava
sem assombro
e o amor estava possível

um escudo a frente do tempo
a máquina no mundo
do inegociável destino

se pudesse voltar atrás
buscava teus grandes olhos tristes.

fumaça de cigarro

era necessário que fosse primavera
e que fosse seu aniversário
e que dividíssemos livros
e inaugurássemos palavras

os pontos se formam nas estações
nas orações do tempo
na casa das imagens

quando você chegar
encontrará alguma coisa fora do lugar
alguns copos por lavar
palavras misturadas na poesia
lembranças da minha fumaça inútil e
ainda um cheiro de café

há muita coisa em comum
entre estas paredes
um batimento cardíaco familiar
som de vozes que me anunciam em você

minha amiga de alma
como se fosse agora
a manhã se veste de vida
com você nesta rua de sol
muito antes de amanhecer

despeço-me de um jeito nosso
a passagem na terra do exílio
a memória do quintal nas tardes

na manhã do tempo nas faces

no amor que existimos juntos.

braile

para ouvir o silêncio dentro da escuridão
nesse dia que amadurece no tempo

começo onde tudo renasce
como estrelas e dragões de fogo
iluminando o céu

a estrada do todo pela eternidade
é a infinitude que ilumina
mesmo quando há tanto a
desaparecer na brancura temporal

o futuro que forma o agora é
invisível como os efeitos
nas linhas do meu contorno
recorrendo as faces
os mapas do mundo
se intercalam como o
vento na vida clareando a noite

de toda percepção que resta
imagens do inconsciente sobrevivem
nas pequenas palavras em relevo

cada qual é a própria luz
e assim o silêncio se transforma
porque em todo coração dorme um sol.

oceânico

sobre esse mar

um céu de cavalos-marinhos
um céu de pérolas que pisamos
constelações de conchas
como memórias espalhadas

há algo melancólico
há algo inesperado na
amplitude do horizonte
onde a ternura e o vazio
são aladas saudades

é longa a estrada interior.

anos

entre os silêncios
nos intervalos de voz
um rumor de vento
traz vestígio de sol

do encontro
que desfaz a sós
perdoando a falta
que exalta a prece

a memória da face
no espelho do tempo
é a hipótese de vida

ao longo do amanhã
o amor perde o medo.

ano novo

pássaros avulsos sobrevoam o tempo
desfazemos pouco a pouco a bagagem
acentuando as imagens que ascendem
ao ficarmos mais leves

os braços dissolvem a resistência
as emoções fundamentam
o processo do novo amanhecer
as dúvidas e as ansiedades
somente evoluem da palavra

como um aprendiz de tudo
observo o caminhar das horas
como um pedreiro de sais
colhendo do próprio prumo
o equilíbrio da vida entre o
reboco e os tijolos, me elevo
ao entalhar os detalhes e
as geometrias infindas

imagens me tramam a sina
sangram e salvam
como um engenheiro de sílabas
monótonas e necessárias
amo a forma escancarada
e discípula, como um explícito
modo do verbo não se repetir

a vida é um sim.

porta-retratos

já não espero que apareça alguém

aqui somos feitos de lembranças
aqui as estações são as mesmas
e o barulho da rua não será ouvido

dá para sentir o barulho do lápis no papel
os escritos do teu dia e os recados
sem nenhuma geometria

mas diante do olhar suspenso no caminho
há um longo relato em lidar com a noite
são reações e memórias indefinidas
e sem se dar conta

que tudo era mesmo para sempre.

azul

sobre esse mar
sobre essa água
a constelação líquida
de uma lembrança
da própria estrela
que me perpassa

há algo de sim
há algo que me espera
sobre o espanto que
é somente o temporal
que se voltará
envelhecendo a face

quando piso no mar
visto a vida de azul
como fosse um plano
como fosse um guia
eu, o atalho do céu

recomeço do alto
o meu próprio fim

esparramando assim
o viver no reino do tempo
recomeçando a longa
viagem da alma

a morte é um novo parto de mim.

Mariana

é domingo, lua nova
Vênus em capricórnio
o começo do olhar
o círculo da estação

são desenhos plurais
a celebração da forma
caminhando pelas manhãs
perante o sol

éramos o então
cumprindo o destino
abraçando o tempo
repetindo o encontro.

carta para Fernanda

nascida sob o signo de touro
regido por Vênus
filha de oxum

uma vez semente
anjo da viagem
na manhã de maio
vida da vida

filha

venho para deixar o tempo
em suas mãos.

Ulisses

flor de lírio
forma viva na terra
enigma tão belo

pássaro de luz
trazendo ao tempo
vida

imagem no rosto de asas
do anjo que corta o céu
mensageiro do olhar
na claridade na antecedência

encontro na jornada
no século prateado da forma

o segredo do amor desvendado.

Alma

nesse dia
o tempo chega de forma diferente

como num ritual
um encantamento
uma nova linguagem

a viagem recuperada do mundo
dentro de um olhar.

luz

você tem um brilho por dentro
que é seu, tão calmo
e se repete

e recompõe o sentido
a plenitude em repouso
na intensidade das águas
espelhos do tempo

você tem um brilho por dentro
e move-se tão alta
acima da memória
mais que esta terra
e as flores suaves

o muito mais que tudo
o mais que amor vivido.

afetos

o tempo não te esquece
assim estático
seu olhar sem voz
na viagem da estação
no movimento da nova forma

uma parte de mim vem de você
e se derrama por dentro
e se repete nas artérias
desenha na identidade
a ciência da renovação

seus grandes olhos eram reais
cabelos, pele, mobilidade
a barba bem clara
o seu legado no tempo

lá fora, em pensamento
eu abraço seu corpo
lá fora, em frente aos dias
eu penso no afeto
eu penso como você é bonito
aqui dentro de mim.

distâncias

quando eu era pequeno
e você era alto
você me jogava no ar
até eu tocar de volta
os dias do movimento

agora que estou grande
e você está tão quieto
nas fotos da parede
a barba por fazer

acho que errei nas previsões
que faríamos um caminho
em volta do tempo

tenho pensado que
não deu certo a mágica
os planos do abraço
pela manhã

tenho pensado que as distâncias
são inevitáveis.

aqui dentro

neste dia de janeiro
no seu aniversário
eu canto para você
as orações do tempo

como mosaicos de memórias
atravessando as imagens
além das formas
dos corpos de viver

tudo é tão bonito
o poder de estar perto
olhar sem dizer nada
na página da poesia
e um sol por trás
iluminado

eu não te vejo mais
além das horas antigas
nas minhas vontades do abraço

eu quero que você venha
outras vezes aqui dentro
desde o mundo do silêncio
na eternidade que não acaba

nós nos falamos longamente
discordamos em algumas coisas
das cores da pintura
dos planos para o natal

por todas as vidas que se mostram
por todos os dias que se entendem

nós sempre fomos melhores juntos.

espelhos

cada poesia significa uma unidade
cantamos nela a palavra
ouvimos quando se desprende
o som de ir embora

sinto-me em paz
além da intenção
como asas do tempo
recolhendo vogais e
promessas de mar

no desfile de horas
da imagem na face
o ofício de aprendiz

o lugar mais alto
das flores que esperam chuvas
das nuvens que se movimentam

como espelhos de sombras
nas memórias do mundo

nas águas do tempo
das estações sensíveis
como estrela na vida
infinitamente em nós
imensamente.

viagem

ontem, depois da ausência
fui para aquele lugar no jardim
onde sempre ficava

os pensamentos encontram
as memórias onde existem faltas

estou antigo e me curvo ao século
reconheço o que há dentro de mim
e o que foi esculpido entre os dias

sei o momento de dizer sobre a viagem
sei da voz que aprende a palavra
o caminho na noite dos espaços
o cheiro de passado
que pesa sobre os olhos

a sentença da identidade
e as permissões no sentido das águas
do destino desde que nascemos
ao gesto de oferecer o verbo

acredito na luz das frestas
nas orações como súplicas

tem um cristo de olhar calmo na parede
ele assiste há tanto
as tentativas de salvação

às vezes penso que é ele mesmo
que dá a eternidade dentro da existência
os pequenos infinitos entre outros

quem sabe no final do outono
vamos nos encontrar
história de amor e vida
em algum lugar

história de amor e tempo
atravessando a vida.

o sol do meu quarto

meu nome é o nome
que meus pais me deram
é o nome do meu avô materno
e isso explica muita coisa

foi assim a construção na origem
na expressão da face
a chama para a ceia
dos dias

ficou assim inaugurada
a flor resistente
que desafia viva
e sobrevive
no sol da manhã

no tempo de celebrar
a comunhão da forma

na história da memória.

caixa de música

quero dizer que foi bom
sentados para o café
entre talheres, xícaras
as mãos dispostas
entre os vãos

falo sobre os lugares
que estão sem nós
os objetos que tocamos
as coisas que assistíamos

lá fora, no jardim
o cheiro de terra é bom
é a hora das flores

conheço de cor
os seus contornos
os contornos do seu rosto
aquela foto ao lado do sol

nas fotos de certa forma
nós participamos da mortalidade
a lenta dissolução dos sinais

eu dou cordas na sua caixa de música
já colei o dedo da bailarina
que derrubei estes dias

olho para a linha da rua
a paisagem de algumas silhuetas

o ritmo singular do instante

uma chuva cai lá fora
e devolve para mim seu reino
em silêncio

quero dizer que foi bom
sentados para o café
as mãos dispostas
para o tempo imenso
para a vida.

tempo

nos dias tristes
eu decoro frases

vou enchendo de palavras
as nossas distâncias
as inquietações

por aqui
os dias crescem sem cuidados
as flores envelhecem indiferentes

nessa manhã
a luz do sol acendeu o espelho
bateu de leve nos lençóis
entre as cortinas

todo domingo as poesias
ficam azuis
se vestem das melhores roupas
só para te imaginar
do outro lado do tempo

o sonho é assim
suas imagens passeando
no final das folhas
quase ao final de tudo
das coisas que te dedico

quando ofereço a vida.

fascínio

no teu olhar
a luz delicada
sem pressa
entre os vãos

os caminhos de existir
esta forma no mundo

sei de nós
deste espírito no tempo
este tratado de mãos

este estado de amor
comovido.

desenhos de nós

hoje você me falou de longe
e as paredes tinham seu som
seu rosto lunar

aqui em meu quarto, sobre a mesa
entre o celular e as chaves
está a sua foto, a sua imagem sensível

recomponho teu rosto
revejo em vários retratos
aprendiz de um novo sonho
o despertar para a forma diferente
um plano que não aparece na manhã

não deveria ser assim depois das ruas
dos anos estampados no calendário

eu não sei certas palavras
mas sei traçar uns círculos
uns desenhos de nós
dedicando um ao outro
a vida

eu aprendo ficar sozinho
falando comigo aos cafés
imaginando que talvez
do outro lado
sejamos somente uma forma
que muda com a luz

talvez sejamos somente uma dúvida
esperando o tempo.

feito de nós

todo dia eu escrevo para você
eu deixo bilhetes sobre a mesa
deixo pelos cantos
na casa das memórias

eu não sei exatamente o que dizer
converso dos continentes
das cartas de navegação
que não me servem

tento aprender
esse desenho de silêncios
retratos feito de nós

hoje vi você no jardim
tentei te alcançar
saber se está bem

nesta primavera há uma casa
um verão que espera
um nome no mapa
um ponto no destino

o ar está quieto
e as linhas
entre os limites:

você bem que podia
parar de ir embora.

mar sem margens

aquele tempo rés-do-chão
a viagem do pensamento
o espelho do tempo
as ruas da memória

há mil anos o homem
grita diante das águas
grita sobre as pedras

há milhões de dias
o homem e a eternidade
a duração da existência

há milhões de anos
o homem entre os oceanos
o homem admirável

clamando a vida.

estrelas

tudo que é poético
e que acredito

um estado de elevação
aqui mesmo neste dia
dos pés na terra
das mãos próximas
ao celeste aqui mesmo

nas tardes no quintal
no tempo das palavras
nas tentativas de ser

em existências que avançam
que se movimentam pelas horas

em um lugar sem nome
onde moram estrelas
criadoras da realidade final

a invisível.

sem despedida

um vento enorme desfez as fibras

hoje é dia de distância
dia de estrelas e preces

desta vez estaremos todos
caminhando em breves intervalos
e haverá ainda um mundo
com tudo se movimentando

de toda terra disputada
há outra vida que vem
do fundo do rio de águas claras
e inesgotáveis
a vida é inesgotável

hoje será dia de distância
com essas águas claras
escorrendo no tempo
que permanece inexplicável

cantaremos surpresas
debaixo de um céu sem palavras
cantaremos estrelas
entre os vazios
cantaremos preces
a revelia de todo mal

cantaremos o canto de quem
não se acostumou a partir.

subversão e fé

a vida só é suportável
quando há uma revolução constante
do pensamento

uma elevação na dança do crepúsculo essencial

subversão do presente recente dos corpos
orações de transformação como ensejos

a sobrevivência só é suportável
onde reside a doçura e a fé
onde moram liberdades e voos
em viagens para dentro de si

velhos desejos no tempo da verdade
aventuras em seus paralelos silenciosos
e a lenta desconstrução da forma

expectativa de outra estação
e marcas dos calendários
no instante da imagem resgatada
e os espaços determinados

a vida só é suportável em
uma nova invenção
nos traços das faces que se acumulam

repete-se o gesto definitivo
como ensaios de um encerramento
conquistas e consciências quando o

encantamento sem pacto algum
é irremediável

a vida só é possível na revolução
constante do pensamento
respiração entre as linhas e sinais
palavras de ilusão sobre faces e
imagens dos sentimentos

o silêncio sem fronteiras
na viagem transparente
pelo mundo do tempo.

identidades

sombras de vozes
sobre os corpos
elementos de luz
e preces consagradas
nas horas invisíveis

somos nós
além da insuficiência
na foto da respiração
o rosto em paz
livre do esquecimento

no outro lado do tempo.

diante de Deus

hoje é um dia chuvoso
e você está sentada na cadeira da varanda

as lendas do vento batem nas janelas
as palavras estão abertas no jardim
as folhas estão luminosas e etéreas
uma cerimônia de orações atravessando
o tempo

tudo parece como antes
as velhas panelas na cozinha
os pratos e as xícaras lascados pelo uso
a sua cafeteira coberta de poeira

parece que todas as árvores no quintal
se erguem umas sobre as outras para
alcançar as suas memórias

quando os sintomas acentuavam
você passava a maior parte do tempo dormindo
mas o ar estava cheio do seu perfume

o portão ao lado da entrada
se abre para uma pequena capela
e parece que todas as estrelas que formam Órion
estavam sobre aquele altar

você está tão jovem
e o seu coração calmo
apenas uma fina camada de rugas

na fragilidade dos limites
nas horas do seu corpo

você cantava canções para mim
cantava canções de ninar
e preparava a vida
para a minha vida

antes de outro tempo.

incondicional

espelhos sob o tempo
respostas de como é bonito a forma

pedras usadas como brinquedos
nos caminhos que voltam
a terra que fiz do seu corpo
para construir meu lar

gotas de águas penduradas no varal
árvores de almas que vivem lá fora
anjos do sonho que voam com
asas de infinito
muitas de você me guardando
para esperar o tempo

nós subíamos correndo pelos dias
para ver o desenho do sol
para receber o abraço calmo

você estava vestida em um azul
impecável
anunciando seu reino em nós

agora que a festa do amor foi confirmada
agora que a sua carne vitoriosa foi perfeita
você pode descansar o olhar

todo dia eu quero muito que amanheça
todo dia você vem vestida de céu
não é verdade que as mães morrem.

sol e lua

era uma vez nas águas
dos corpos invisíveis
as marés que medem as pedras
as sombras das formas
quando sorriem diante do mar

eu agora estou bem
preparo o café, sirvo
sobre a mesa da noite
entre livros
e papéis para rabiscar

lá fora, as plantas sabem
que estou no jardim
elas reconhecem no sopro
dos perfumes

na cidade antiga
chove uma estação no meu rosto
chovem pensamentos e vida
a partir de felicidades
de sol e lua, em nós

entro em casa e o tempo se foi
o jardim me esqueceu
os espelhos que se desdobram
me devolvem
como quem separa o passado

há uma árvore centenária
que se curva sobre o céu
do seu chão
fecho os olhos e levo alguns segundos
para me reconhecer

resta um olhar contemplando a janela
resta uma flor nas mãos, resta
a cumplicidade
porque o amor recomeça nos lugares
que esperam

porque acontecem outros dias
em outras vidas.

pensamento

ando nas ruas
entre as pessoas
elas falam uma língua
que não entendo

elas anunciam vida
e morte
entre abismos
no muro das manhãs
nas casas da cidade

foi uma alegria haver este dia
mesmo que não soubesse o todo
o sentido

foi uma alegria haver este canto
que é som de pianos
de violões
afinados

tenho pensado em coisas antigas
uma fruteira vazia
uma toalha de flor
as fronteiras da lembrança
as tuas mãos

foi uma alegria haver este dia
para assistir ao tempo
compreender o silêncio

como encontrar-se no mundo do fim
que é mais que fim

na simples condição
de chamar seu nome
que é muito mais que nome
e entrar pela porta do tempo
que é mais que tempo

e multiplicar o sentimento
para abraçar o pensamento

que é muito mais que o fim do tempo
muito mais que abraço.

o princípio

aí está você
aquela que se chama Maria
e assiste ao sol

pouco antes do ontem
pouco antes do silêncio

aí está você
atravessando o corpo da terra
um livro nas estações
com palavras por dizer

há um lugar em nós
onde as formas crescem
e nascem os sonhos
no claro-escuro do tempo

temos centenas de épocas
vestígio de oceanos
na sombra dos espaços
na chuva das existências

tenho pensado
no princípio do tempo
no principio de nós
na sua pequena eternidade

tenho pensado
como somos melhores juntos.

vida

em silêncio
a noite
vigia o tempo

pedra dormindo
chuva azul
gatos no telhado
faces que se movem

no olhar do espelho
a vida acontece

www.laranjaoriginal.com.br

Edição
Clara Baccarin
Projeto gráfico
Iris Gonçalves
Produção executiva
Bruna Lima

Laranja Original Editora e Produtora Eireli
Rua Capote Valente, 1198
05409-003 São Paulo - SP
Tel: (11) 3062-3040
contato@laranjaoriginal.com.br

Dados Internacionais de Catalogação na Publicação (CIP)
(Câmara Brasileira do Livro, SP, Brasil)

Machado, Otávio
O sol do meu quarto / Otávio Machado. -- 1. ed. --
São Paulo : Laranja Original, 2022.

ISBN 978-65-86042-44-3

1. Poesia brasileira I. Título.

22-120376 CDD-B869.1

Índices para catálogo sistemático:

1. Poesia : Literatura brasileira B869.1

Cibele Maria Dias - Bibliotecária - CRB-8/9427

Fonte: Segoe UI

Papel: Pólen Bold 90 g/m²

Impressão: Psi7 / Book7

Tiragem: 200 exemplares